„Die Zukunft zeigt uns viele Gesichter, welches sich uns zuwendet
fühlen wir dann, wenn es uns berührt"

Dietmar Dressel

„Nachdenklich steht es um das Geistige, das sich um die Zukunft
ängstigt und traurig vom Unglück ist. Es ist voll Besorgnis
ob das, woran es seine Freude hat, möglicherweise auch
Bestand haben wird"

Dietmar Dressel

Dietmar Dressel

Aforyzmy i cytaty

Polski - Deutsch

Für Barbara, Alexandra, Kai, Timon, Nele und Isabelle

Vorwort

Selbstkritisch gesagt meine ich, dass viele Zitate und Lebensweisheiten darauf abzielen, die eigene und selbst vorgelebte Verhaltensweise zu reflektieren. So soll durch einen aphoristisch griffigen Spruch die eigene Reflexionsfähigkeit möglicherweise angeregt werden.

Was ist so wichtig im Leben? Was zählt für den einzelnen Menschen wirklich? Diese Fragen sind oft von Bedeutung.

Die nachfolgenden Zitate und Lebensweisheiten finden sie alle in meinen sechsundsiebzig veröffentlichten Romanen.

· · · · · · · · · ·

W kategoriach samokrytycznych myślę, że wiele cytatów i mądrości ma na celu refleksję nad własnym zachowaniem i zachowaniem siebie. Aforystycznie chwytliwe zdanie powinno prawdopodobnie pobudzić własną zdolność do refleksji.

Co jest tak ważne w życiu? Co jest naprawdę kluczowe dla jednostki? Często trudno odpowiedzieć na te pytania.

Poniższe cytaty i mądrości można znaleźć w moich siedemdziesięciu sześciu opublikowanych powieściach.

· · · · · · · · · ·

Bibliographic information from the German National Library.

The German National Library has entered this publication into the German National Bibliography. Detailed bibliographic information can be obtained online at: http://dnb.d-nb.de.

Gestaltung: Alexandra und Barbara Dressel
Layout und Cover: Kai Hintzer
Printed in Germany
ISBN 9 783752 648409

Vor geraumer Zeit wurde auf Facebook und Twitter die Frage gestellt: Who is Dietmar Dressel about?

Es ist für einen Buchautor und Schriftsteller nicht ungewöhnlich, dass er mit zunehmender Aktivität im Lesermarkt das Interesse der Öffentlichkeit weckt und diese natürlich neugierig darauf ist, um wen es sich dabei handelt. Natürlich könnte ich dazu selbst etwas sagen. Ich denke, es ist vernünftiger, eine Pressestimme zu Wort kommen zu lassen.

Nachfolgend ein Artikel von Michel Friedmann: Jurist, Politiker Publizist und Fernsehmoderator.

'Wanderer, kommst Du nach Velden". Wer schon einmal im kleinen Velden an der Vils war, der merkt gleich, dass an diesem Ort Kunst, Kultur und Literatur einen besonderen Stellenwert genießen. Der Ort platzt aus allen Nähten vor Skulpturen, Denkmälern und gemütlichen Ecken die zum Verweilen einladen. So ist es auch ganz und gar nicht verwunderlich, dass sich an diesem Ort ein literarischer Philanthrop wie Dietmar Dressel angesiedelt hat. Dressel versteht es wie wenige andere seines Faches, seinen Figuren Leben und Seele einzuhauchen. Auch deswegen war ich begeistert, dass er sich an das gewagte Experiment eines historischen Romans gemacht hatte. Würde ihm dieses gewagte Experiment gelingen? Soviel sei vorweg genommen: Ja, auf ganzer Linie.

Aber der Reihe nach. Historische Romanautoren und solche, die sich dafür halten, gibt es jede Menge. Man muß hier unterscheiden zwischen den reinen 'Fiktionisten' die Magie, Rittertum und Wanderhuren in eine grausige Suppe verrühren und historischen „Streberautoren", die jedes noch so kleine Detail des Mittelalters und der Industrialisierung studiert haben und fleißig aber langatmig wiedergeben. Dressel macht um beide Fraktionen einen großen Bogen und findet zum Glück schnell seinen eigenen Stil. Sein Werk gleicht am ehesten einem Roman von Ken Follett mit einigen erfreulichen Unterschieden!

Follett recherchiert mit einem großen Team die Zeitgeschichte genauestens und liefert dann ein präzises, historisches Abbild. Ein literarischer und unbestechlicher Kupferstich als Zeugnis der Vergangenheit. Dressel hat kein Team und ersetzt die dadurch entstehenden Unklarheiten gekonnt mit seiner großartigen Phantasie. Das Ergebnis ist, dass seine Geschichten und Landschaften 'leben' wie fast nirgendwo anders.

Follett packt in seine Geschichten stets wahre Personen und Figuren der Zeitgeschichte hinein, die mit den eigentlichen Helden dann interagieren und sprechen. Das nimmt seinen Geschichten immer wieder ein wenig die Glaubwürdigkeit. Dressel hat es nicht nötig, historische Figuren wiederzubeleben. Das Fehlen echter historischer Persönlichkeiten gleicht er durch menschliche Gefühle und lebendige Geschichten mehr als aus.

Folletts Handlungen sind zumeist getrieben von Intrige, Verrat und Hinterhältigkeit. Er schreibt finstere Thriller, die ihren Lustgewinn meist aus dem unsäglichen Leid der Protagonisten und der finalen Bestrafung der 'Bösen' ziehen. Dressel zeigt uns, dass auch in einer so finsteren Zeit wie der frühen, industriellen Neuzeit Freundschaft, Liebe und Phantasie nicht zu kurz kommen müssen. Er wirkt dabei jedoch keinesfalls unbeholfen sondern zeigt uns als Routinier, dass er das Metier tiefer Gefühle beherrscht, ohne ins Banale abzugleiten.

Folletts Bücher durchbrechen gerne die Schallmauer von 1000 und mehr Seiten. Er beschreibt jedes Blümchen am Wegesrand. Dressel kommt mit viel weniger Worten aus. Substanz entscheidet!

In der linken Ecke Ken Follett aus Chelsea, in der rechten Ecke Dietmar Dressel aus Velden. Zwei grundverschiedene Ansätze und Herangehensweisen an ein gewaltiges Thema. Wer diesen Kampf wohl gewinnt? Keiner von beiden. In der Welt der Literatur ist zum Glück Platz für viele gute Autoren!

„Fest verankert in der Erde steht ein Turm. Tief unter ihm lebt Kurt, der Regenwurm. Gräbt er still und leise, ist er weise. Wühlt er hemmungslos und dumm, macht es bumm."

„W ziemi jest mocno zakotwiczona wieża. Kurt, dżdżownica, żyje głęboko pod nim. Kopie cicho i cicho, jest mądry. Szpera bez skrępowania i głupi, zrób to bumm."

· · · · · · · · · ·

„Was wäre die materielle Unendlichkeit des Universums, ohne die Kraft der Liebe."

„Czym byłaby materialna nieskończoność wszechświata bez mocy miłości.".

•••••••••

„Die Gegenwart zeigt uns die Fehler der Vergangenheit, damit wir die Zukunft besser gestalten."

„Teraźniejszość pokazuje nam błędy z przeszłości, dzięki czemu możemy lepiej kształtować przyszłość." „

•••••••••

„Was nützt uns ein voller Bauch, wenn die Freiheit des
Geistes Hunger leidet."

*„Jaki pożytek to pełny żołądek, kiedy wolność umysłu
cierpi głód."*

. . . .

„Für die Einsicht in Liebe zu handeln, muß man einen
anstrengenden Weg gehen."

„Aby wgląd istniał w miłości, trzeba wieść uważne
życie."

. . . .

„Die Philosophie ist die Stimme unseres Bewusstseins,
auf der Suche nach der Wahrheit unseres „Seins"."

*„Filozofia jest głosem naszej świadomości w
poszukiwaniu prawdy o naszym „byciu"."*

. . . .

„Um das scheinbar Unfassbare zu begreifen, muss
man sich erst einen passenden Raum im
Denken schaffen."

„Aby zrozumieć pozornie niezrozumiałe, trzeba stworzyć w umyśle przestrzeń intelektualną.".

· · · · · · · · · ·

„Bis das Eis unter einem Felsen schmilzt, vergeht eine lange Zeit."

„Rozpuszczenie lodu pod skałą zajmuje dużo czasu."

· · · · · · · · · ·

„Das kleine Wörtchen „aber" ebnet uns den Weg zur Weisheit."

„Małe słowo „ale" toruje nam drogę do mądrości."

· · · · · · · · · ·

„Aller Anfang ist das Übel für das Kommende."

„Każdy początek jest złem na to, co ma nadejść."

· · · · · · · · · ·

„Die Sehnsucht ist die Triebfeder allen Geschehens."

„Tęsknota jest źródłem wszystkiego, co się dzieje."

• • • • • • • • • •

„Der schlechte Teil der Vernunft ist, in Blindheit
zu handeln."

„Zła część zdrowego rozsądku to duchowa głupota."

• • • • • • • • • •

„Eines der wesentlichsten Probleme des Lebens besteht
in ihrem Unverständnis zur Realität."

„Jednym z najważniejszych problemów życiowych jest
brak zrozumienia rzeczywistości."

• • • • • • • • • •

„Die Neugier des Menschen ist die Triebfeder seines
Handelns."

„Ciekawość człowieka jest głównym źródłem jego
działań."

• • • • • • • • • •

„Die universelle Ewigkeit ist das wirkliche „Sein" des
geistigen Lebens."

„Uniwersalna wieczność jest prawdziwą „istotą"."

• • • • • • • • • •

Ich stehe nicht im Regen.
Ich dusche unter Wolken.

„Wenn man nicht weiß wo man steht, wird es schwer sein, den richtigen Weg zu finden."

„Jeśli nie wiesz, na czym stoisz, trudno będzie znaleźć właściwą drogę."

· · · · · · · · · ·

„Das Geheimnis der Zeit liegt in der Sehnsucht nach dem scheinbaren „Nichts" verborgen."

„Tajemnica czasu tkwi w tęsknocie za pozornym„ niczym."

· · · · · · · · · ·

„Die fast unlösbare Aufgabe besteht darin, sich weder von der Macht der anderen, noch vom eigenen Unvermögen bedrängen zu lassen."

„Prawie niemożliwym zadaniem jest nie poleganie na mocy innych ani na swojej możliwej niemożności."

• • • • • • • • • •

„Nicht immer trifft es zu, dass sich Menschen in ihren Verhaltensweisen wiedererkennen wollen, weil sie meinen, dass sie dafür nicht die Verantwortung tragen."

„Nie zawsze jest prawdą, że ludzie chcą rozpoznać ich zachowanie, ponieważ mają na myśli, że ich to nie."

• • • • • • • • • •

„Die Gier kennt scheinbar kein Halten und eilt von Sieg zu Sieg."

„Chciwość nie wydaje się zatrzymywać i przechodzi od zwycięstwa do zwycięstwa."

• • • • • • • • • •

„Träume haben ihren Grund, und möge unser Verstand
es wahr werden lassen, dass wir diesen Grund nicht
mit Aberglauben oder Märchen verwechseln."

*„Marzenia mają powód i niech nasze umysły sprawią,
że się spełni, że nie mamy tego powodu
mylony z przesądami lub baśniami."*

• • • • • • • • • •

„Der Mensch wird durch das was ihn ständig treibt und
was er immer will, ohne es wirklich zwingend zu müssen, zu dem „was" und „wie" er ist."

*„Poprzez to, co go nieustannie napędza i czego zawsze
chce, bez konieczności robienia tego, ludzie stają się
„czym" i „jacy" są."*

• • • • • • • • • •

„Im Glauben wollen, sammelt sich das gedankenlose Denken auf der Suche nach den wahren Gründen des praktischen Lebens und des wirklichen „Seins" in der Ewigkeit des Universums."

„Jeśli ktoś chce wierzyć, bezmyślne myślenie gromadzi się w poszukiwaniu powodów praktycznego i prawdziwego życia w „istocie duchowej", osadzonej w wieczności wszechświata."

· · · · · · · · · ·

„Der Tod lächelt uns an, doch wandelt es sich schnell zum Ruf in die Unendlichkeit des kosmischen „Nichts", sollte er uns berühren."

„Śmierć uśmiecha się do nas, ale szybko staje się wezwaniem do nieskończoności Kosmicznego „nic", powinien nas dotknąć."

· · · · · · · · · ·

„Kommst du aus der Welt der materiellen Lüste und möchtest du in die Welt der „geistigen Unend-lichkeit" eingehen, dann lass dich nicht beirren."

„Jeśli pochodzisz ze świata przyjemności materialnych i chciałby wejść do świata „duchowego", więc niech cię to nie powstrzyma."

· · · · · · · · · ·

Was für ein Schmerz,
wenn die Sehnsucht
das Herz in Flammen
aufgehen lässt!
– Elvira von Ostheim –

„Wenn die Sehnsucht der Liebe einen Weg zur Ewigkeit fände, würden Erinnerungen zu Stufen werden. Ich würde hinaufsteigen und dich zurückholen.“

„Gdyby tęsknota za miłością znalazła drogę do wieczności, wspomnienia stałyby się etapami. Podejdę i zabiorę cię z powrotem.“

· · · · · · · · · ·

„Doch höre und fühle ich deine Rufe und deinen Schmerz, wenn ich wie leblos in mir ruhe. Welcher Schmerz in diesem Leben voll Trübsal ist größer, als die nicht erfüllte Sehnsucht die weint und nicht ruhen will.“

„Słyszę i czuję twoje krzyki i bóle, podczas gdy odpoczywam w środku, jakbym był bez życia. Jaki ból w tym życiu jest większy niż tęsknota, która płacze i nie chce odpocząć.”

· · · · · · · · · ·

„Die Sehnsucht „Ist", und wäre das nicht so, wer sollte
dann auf die Idee kommen etwas zu sein, was er
nicht ist, aber möglicherweise gern
sein möchte."

„Tęsknota jest, a gdyby nie to, kto by pomyślał,
że tak właśnie jest?"

• • • • • • • • • •

„Warum geschehen die Dinge so und nicht anders?
Weil es so ist, sonst wäre es nicht so!"

*„Dlaczego rzeczy dzieją się w ten sposób, a nie inaczej?
Ponieważ tak jest, inaczej by nie było!"*

• • • • • • • • • •

„Ein Kloster ist nicht eine ruhige, idyllische Herberge
für Schutzsuchende. Wie man vielleicht meinen
mag. Ein Kloster ist ein widersprüchlicher Ort,
und die geistigen Inhalte die ihre Bewohner
predigen, gleichen nicht selten einem
Raum ohne Inhalte."

*„Klasztor nie jest cichym, idyllicznym schronieniem dla
szukających ochrony.
Klasztor jest miejscem sprzecznym i często głosi się
duchową treść jego mieszkańców
jak przestrzeń bez treści."*

• • • • • • • • • •

„Wir leben alle unter dem gleichen Himmel, aber wir haben nicht alle das gleiche Leben."

„Wszyscy żyjemy pod tym samym niebem, ale nie wszyscy mamy takie samo życie."

· · · · · · · · · ·

„Wenn du den Tod als deinen Feind betrachtest, wird es schwer werden zu gehen, wohin der Weg auch führen mag."

„Jeśli postrzegasz śmierć jako swojego wroga, trudno będzie iść tam, gdzie prowadzi ścieżka".

· · · · · · · · · ·

„Sterben dürfen ist dann eine Erlösung, wenn die Schmerzen den Leidenden umfassen."

„Pozwolenie na śmierć jest wtedy odkupieniem, kiedy oni Ból obejmuje cierpiącego."

· · · · · · · · · ·

„Es gibt Scheintote, die ihr geistiges Glück im Universum suchen wollen, und verlassen zu diesem Zweck einfach ihren schützenden Körper. Dabei liegt oftmals das wahre Glück des Lebens in ihrem eigenen Haus, also in ihrem Körper. Die Schmerzen für die Wiederbelebung könnten sie sich sparen."

„Są pseudo-umarli, którzy chcą szukać duchowego szczęścia we wszechświecie i odejść w tym celu. To kłamstwoczęsto prawdziwe szczęście życia w ich życiu własny dom, czyli w jej ciele."

· · · · · · · · · ·

„Mit der Gier nach materiellen Werten fördert man nicht die geistige Reife, sondern nur die ständige Sucht nach mehr Sachen, die man eigentlich nicht braucht."

„Z chciwością na wartości materialne nie promuje się duchowej dojrzałości, a jedynie ciągłe uzależnienie od większej liczby rzeczy, których się nie potrzebuje."

· · · · · · · · · ·

„Nichtwissen zu erzwingen und die Angst zu schüren es möglicherweise ändern zu wollen, führt zum geistigen Horizont mit dem Radius Null."

„Zmuszanie do ignorancji i wzbudzanie strachu przed chęcią zmiany tego prowadzi do duchowości w kierunku horyzontu z promieniem zero."

· · · · · · · · · ·

„Die kleinsten Teilchen der Materie entstehen nicht gedankenlos, unkontrolliert und planlos, sondern aus dem universellen Zweck ihrer Bestimmung."

„Najmniejsze cząsteczki materii nie powstają bezmyślnie, niekontrolowanie i bez planu, ale z uniwersalnego celu ich przeznaczenia."

· · · · · · · · · ·

„Jeder Gedanke ist ein Baustein am werdenden Leben in seiner vielfältigen Gesamtheit. Es entwickelt sich durch ablaufprozessuale energetische Denkprozesse im „geistigen Sein", eingebettet in der „geistigen Energie"."

„Każda myśl jest budulcem w rozwoju życia w jego różnorodnej całości. Rozwija się poprzez proceduralne energetyczne procesy myślowe w „Istota duchowa", osadzona w „energii duchowej."

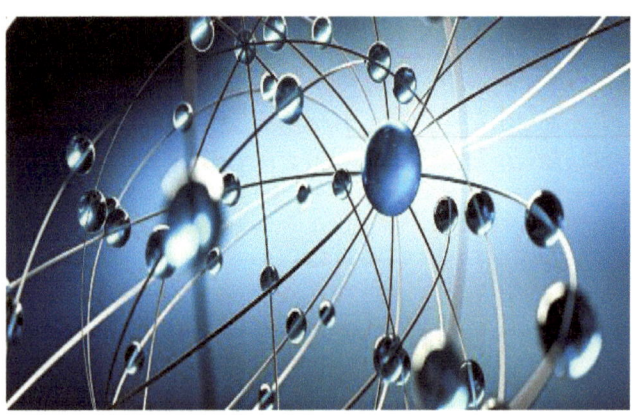

„Jeder Folgeschritt des Lebens ist das Ergebnis von ablaufprozessualen Denkprozessen."

„Każdy kolejny krok w życiu jest wynikiem proceduralnych procesów myślowych."

· · · · · · · · · ·

„Wenn wenige Menschen sehr gut leben wollen, muss es sehr viele von dieser Spezies geben, die bettelarm sind."

„Jeśli kilka osób chce bardzo dobrze żyć, to musi być bardzo dużo tego gatunku, który jest bardzo biedny są ".

· · · · · · · · · ·

„Im Glauben wollen sammelt sich das gedankenlose Denken auf der Suche nach den wahren Gründen des praktischen Lebens und des wirklichen „Seins" in der Ewigkeit des Universums."

„Jeśli chcesz wierzyć, bezmyślne myślenie gromadzi się w poszukiwaniu prawdziwych przyczyn prawdziwego życia w wieczności wszechświata".

· · · · · · · · · ·

„Wer als Kind nicht beginnt zu lernen, der wird meist ein gieriger und neidvoller Taugenichts. Wer als Mann oder Frau nicht lernt, wandelt auf den Weg ins materielle Verderben."

„Ci, którzy nie zaczynają się uczyć jako dziecko, stają się chciwi i zazdrośni na nic. Kto jak Mężczyzna czy kobieta się nie uczy, nawraca droga do materialnej ruiny"."

· · · · · · · · · ·

„Lernen, ohne dabei zu denken, führt zu nichts. Denken und nichts dabei zu lernen ist vergeudete Zeit."

„Nauka bez myślenia prowadzi do niczego. Myślenie i nieuczenie się niczego to strata czasu."

· · · · · · · · · ·

„Man sollte sich nicht schlafen legen ohne sagen zu können, dass man an dem Tage etwas gelernt hätte."

„Nie powinieneś kłaść się spać, nie mogąc powiedzieć, że masz coś tego dnia nauczyliby się."

· · · · · · · · · ·

„Ich esse, trinke, schlafe, vermehre mich und gehe ständig einkaufen, also bin ich. Oder nicht? Eben diese
Frage an die Philosophie ruht in den Fängen des
„kosmischen Nichts" gefangen und hofft in der
Sehnsucht nach der Wahrheit gehört
und gefühlt zu werden."

„Cały czas jem, piję, śpię, rozmnażam się i chodzę na
zakupy, więc jestem. Albo nie? Tylko te Pytanie do
filozofii pozostaje w szponach „Kosmiczne nic"
złapało i ma nadzieję w Tęsknota za tym,
by prawda została usłyszana i poczuła."

· · · · · · · · · ·

„An Gott glauben bedeutet, es für selbstverständlich zu
halten, dass die Bestimmung des Menschen darin
läge, sich über das Animalische zu erheben und
alle Formen der Gewalt und Ausbeutung aus
der menschlichen Gesellschaft
zu eliminieren."

„Wiara w Boga oznacza, że los człowieka spoczywa na
nim. Może wznieść się ponad zwierzę i wszelkie formy
przemocy i wyzysku odwróć się od ludzkiego
społeczeństwa."

· · · · · · · · · ·

„Wer sich mit den Feinden des humanen Lebens geistig
verbindet, versinkt in der Grausamkeit seines Tuns."

„Kto łączy się duchowo z wrogami ludzkiego życia, pogrąża się w okrucieństwie swoich czynów.”

· · · · · · · · · ·

„Lässt man immerfort die hechelnden Rufe des Magens nach „Mehr“ gewähren, wird der Kopf in seiner Einsamkeit verkümmern.“

„Jeśli pozwolisz, by dyszące wołanie żołądka o „więcej” trwało, głowa uschnie w swojej samotności.“

· · · · · · · · · ·

„Zu wissen, dass wir selbst entscheiden können was wir wirklich entscheiden wollen, ohne es zwingend zu müssen, gibt uns die Kraft es auch zu tun.“

„Świadomość, że możemy sami zdecydować, o czym naprawdę chcemy decydować, bez konieczności, daje nam siłę, by to zrobić.”

· · · · · · · · · ·

„Menschen, die meinen, dass Geld das höchst erstrebenswerte Gut für sie sei, geraten leicht in den Verdacht, für Geld alles zu tun.“

„Ludzie, którzy uważają, że pieniądze są dla nich najbardziej pożądanym dobrem, mogą łatwo dostać się do Podejrzenie robienia czegokolwiek dla pieniędzy.”

• • • • • • • • • •

„Bringst du Geld, so findest du Gnade. Sobald es dir fehlt, schließen sich die Türen.“

„Jeśli przyniesiesz pieniądze, znajdziesz łaskę. Jak tylko to przegapisz, drzwi się zamykają.”

• • • • • • • • • •

„Wenn du wissen willst wie Gott über Geld denkt, dann sieh dir die Menschen an, die ihn vor langer Zeit geschaffen haben.“

„Jeśli chcesz wiedzieć, jak Bóg myśli o pieniądzach, spójrz na ludzi, którzy go stworzyli dawno temu.”

• • • • • • • • • •

„Die Tränen eines Kindes sind der Schrei der Sehnsucht nach Liebe und Geborgenheit.“

„Łzy dziecka to wołanie tęsknoty za miłością i bezpieczeństwem.“

• • • • • • • • • •

„Durch Klugheit und List ist jeder zu besiegen, der nur rohe Gewalt kennt.“

„Każdy, kto zna tylko brutalną siłę, może zostać pokonany dzięki mądrości i przebiegłości.“

• • • • • • • • • •

„Darum sind die Herrschenden auf die Macht verfallen,
weil sie die Liebe, die Gerechtigkeit und die Vernunft
in einen dunklen, geistigen Keller sperrten, damit
sie dort niemand finden kann."

„Dlatego władcy stracili władzę, ponieważ kochają,
sprawiedliwość i rozum zamknięty w ciemnej,
intelektualnej piwnicy nikt nie może ich
tam znaleźć."

· · · · · · · · · ·

„Wer den Hass trügerisch verbirgt, dessen Bosheit wird
doch vor der Gemeinde offenbar werden."

*„Każdy, kto podstępnie ukrywa nienawiść, ujawni
społeczności swoją złość."*

· · · · · · · · · ·

„Der Neid, die Gewalt und die Macht sind das „Böse"
ansich, was Menschen zur qualvollen Last fällt.
In diesen drei Komplizen der Gier liegen
die Wurzeln allen schrecklichen Handelns, was Menschen sich
gegenseitig antun."

„Zazdrość, przemoc i władza są same w sobie „ złe", co jest dla ludzi bolesnym ciężarem. W tych trzech współsprawcach chciwości leżą korzenie wszystkiego, co straszne pokazuje, co myślą ludzie do siebie nawzajem".

· · · · · · · · · · ·

„Den erwachenden Frühling entgegen zu lächeln, ist für uns Menschen etwas Selbstverständliches. Nicht so für die Erde."

„Sie hat es derzeit mit uns Menschen nicht leicht. Wer die Erde liebt, sollte die Augen aufmachen und nicht den Mund."

„Denn was wir der Erde entnehmen, sollte sie, so sie weiter unsere Lebensgrundlage sein soll, auch wieder zurückbekommen."

„Uśmiechanie się do budzącej się wiosny to coś, co my, ludzie, przyjmujemy za pewnik. Bynajmniej dla ziemi."

„W tej chwili nam, ludziom, nie jest łatwo.
Kto miłuje ziemię, powinien otworzyć oczy i
nie twoje usta".

„Ponieważ to, co zabieramy z ziemi, powinno tak być,
jeśli nadal będzie naszym źródłem utrzymania
odzyskaj to."

....

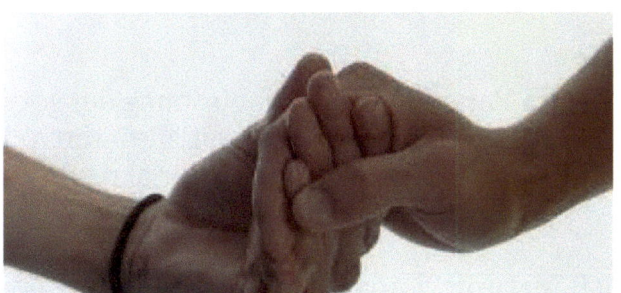

„Wo die Liebe und die Vernunft die Menschen   fesselt,
blüht das Leben in all seiner hoffnungsvollen Pracht.
Gewinnen der Hass und die Gier die Oberhand,
stirbt das Leben."

„Tam, gdzie łączą ludzi miłość i rozum, życie kwitnie w
całej swej pełnej nadziei okazałości. Nienawiść i
chciwość zyskują przewagę, życie umiera."

....

„Als Gott im Paradies Adam, die Krönung der göttlichen
Schöpfung erschaffen hatte, war alles wertvolle,
verwendbare Schöpfungsmaterial restlos
aufgebraucht."

„Kiedy Bóg stworzył Adama, podczas koronacji boskiego
stworzenia, w raju, wszystko było cenne, użyteczny
materiał stworzenia całkowicie zużyte."

••••••••••

„Als er dann doch noch Eva, die arbeitende Erfüllungs-
gehilfen von der Krönung der göttlichen Schöpfung,
also Adam, erschaffen wollte, reichte seine Rippe
vorn und hinten nicht ganz aus."

*„Kiedy w końcu chciał stworzyć Ewę, działającą
zastępczynię koronacji boskiego stworzenia, czyli
Adama, jego żebra z przodu iz tyłu nie wystarczały."*

••••••••••

„Also nahm er notgedrungen den fehlenden Rest aus dem im Paradies herumliegenden noch nicht ganz aufgeräumten Chaos, und bastelte Eva zusammen."

„Więc był zmuszony wziąć to, co leżało w chaosie i poskładać Ewę razem."

· · · · · · · · · ·

„Wenn wir unsere Kinder töten, stirbt die Zukunft und die Zeit bleibt stehen."

„Jeśli zabijemy nasze dzieci, przyszłość umrze, a czas się zatrzyma."

· · · · · · · · · ·

„Wenn der Mensch den Glauben im Imperativ täglich
frönt, sich ihm uneingeschränkt hingibt, versperrt
er sich den Zugang zum Denken und
fördert hemmungslos die Lüge."

*„Jeśli ktoś codziennie oddaje się wierze, poddaje się jej
bezwarunkowo, jest zablokowany i nie ma dostępu do
swojego myślenia. W ten sposób niepohamowanie
zachęca do kłamstwa."*

· · · · · · · · · ·

„Die Gesichter der Menschen erkennt man im Licht der
Sonne, ihren Charakter im Dunkeln der Nacht."

*„Można rozpoznać twarze ludzi w świetle słońca, ich
charakter w ciemności nocy."*

· · · · · · · · · ·

„Wer um seinen eigentlichen Zweck seines Lebens weiß
und fühlt, dem verhilft sein Bewusstsein mehr als
alles andere dazu, Schwierigkeiten und Hinder-
nisse zu überwinden."

*„Każdemu, kto wie i czuje swój prawdziwy cel w życiu,
więcej niż pomaga ich świadomość wszystko inne,
trudności i przeszkody przezwyciężyć."*

· · · · · · · · · ·

Volksweisheiten

„Neid frisst alles auf, was er in Besitz nehmen kann.
Die Neider sterben wohl, doch niemals stirbt der Neid.
Es stimmt, dass Geld nicht glücklich macht, allerdings
meint man damit das Geld der anderen. Die Welt wird
nicht bedroht von den Männern, Frauen und Kindern
aus der Spezies von denkenden körperlichen Lebewesen der höheren geistigen Ordnung die böse sind, sondern von denen, die das Böse zulassen.“

Mądrość ludowa

„Zazdrość zjada wszystko, co może zdobyć. Zazdrosny
umiera, ale zazdrość nigdy nie umiera. Prawdą jest, że
pieniądze cię nie uszczęśliwiają, ale oznaczają
pieniądze innych ludzi. Świat nie jest zagrożony przez
mężczyzn, kobiety i dzieci z gatunku myślących istot
fizycznych wyższego porządku duchowego, które są
złe, ale przez tych, którzy dopuszczają zło.”

„Hat ein geschlossenes System, wie der Planet Erde, wirklich Raum für alle Menschen, wenn sie sich weiterhin so exzessiv vermehren sollten?"

„W systemie zamkniętym, takim jak planeta Ziemia, naprawdę jest miejsce dla wszystkich ludzi, jeśli tak jest czy dalej mnożyć się tak nadmiernie?"

·········

„Mit dem geistigen Fühlen zu denken und danach zu handeln, führt zum rechten Weg für alle denken-den körperlichen Lebewesen der höheren geistigen Ordnung."

„Myślenie duchowymi uczuciami i prawidłowe działanie prowadzi do tego, że każda myśląca żywa istota idzie właściwą drogą."

·········

„Wenn man mit der Logik des eigenen Verstandes denkt, und die Worte sparsam wählt, wird sich das geistige Fühlen auch ein festes zu Hause schaffen können."

„Jeśli myślisz zgodnie z logiką własnego umysłu i oszczędnie wybierasz słowa, to zrobisz duchowe poczucie również solidnego domu Stwórz."

··········

„Von allen Denkprozessen des Bewusstseins sind die über das Leid und zur Trauer die schmerzhaftesten."

„Ze wszystkich procesów myślowych świadomości najbardziej bolesne są te, które dotyczą cierpienia i żalu."

··········

„Die Menschen sollten nach dem Grundsatz leben, dass die Würde unantastbar ist. Das bedeutet, dass Männer, Frauen und Kinder unter keinen Umständen ein Mittel zum Zweck sein dürfen. Niemals!"

„Ludzie powinni żyć zgodnie z zasadą, że godność jest nienaruszalna. To znaczy, że mężczyźni w żadnym wypadku mężczyźni, kobiety i dzieci być środkiem do celu. Nie ma mowy!"

··········

„Die Philosophie ist die Stimme unseres Bewusstseins, auf der Suche nach der Wahrheit unseres „Seins“.“

„Filozofia jest głosem naszej świadomości w poszukiwaniu prawdy o naszym„ byciu”.“

• • • • • • • • • •

„Durch die Fülle von dem was geschieht, und nicht durch Gewalt, Hass und Gier, beeinflusst das „geistige Sein“, eingebettet in der „geistigen Energie“, achtsam den kosmischen Kreislauf des Lebens.“

„Ma na nią wpływ obfitość tego, co się dzieje, a nie przemoc, nienawiść i chciwość „Istota duchowa”, osadzona w „duchowym Energia”, pamiętając o kosmosie Cykl życia.“

• • • • • • • • • •

„Es kostet nicht viel Mühe, bei dieser Idylle den Geist zu motivieren und aktiv zu werden. Es allerdings nicht zu tun, dem folgt möglicherweise geistige Stille.“

„Nie trzeba wiele wysiłku, aby zmotywować umysł i stać się aktywnym w tej idyllicznej scenerii. Tak nie jest aby to uczynić, może po tym nastąpić duchowa cisza.”

• • • • • • • • • •

„Was nützen die besten Sachinhalte einer Idee, wenn sie niemand in der Öffentlichkeit kraftvoll und energetisch konsequent vertritt?"

„Jaki pożytek jest z najlepszej merytorycznej treści pomysłu, jeśli nikt nie przedstawia go publicznie w potężny i energiczny sposób?"

• • • • • • • • • •

„Existiert eigentlich der Mensch nur für das unermüdliche Rackern nach dem ständigen „Mehr"?"

„Czy człowiek faktycznie istnieje tylko dla niestrudzonego łobuza po ciągłym „ więcej"?"

„Die menschliche Existenz stützt sich auf zwei komplexe
Säulen. Entweder das strebsame Bemühen, um das
„Denken Wollen" und das „Wissen" zu mehren.
Oder die maximale Befriedigung der ma-
teriellen Bedürfnisse."

„Życie ludzkie opiera się na dwóch złożonych filarach.
Po pierwsze: „Chęć myślenia i wiedzy".
Zweizens: „Maksymalna satysfakcja dla
potrzeby materialne ".

· · · · · · · · · ·

„Was in unserem Bewusstsein mit uns spricht, hören
und sehen wir erst dann, wenn wir unsere
Träume verwirklichen."

„Kiedy świadomość myśli o nas, ludziach, słyszymy i
widzimy tylko wtedy, gdy my."

· · · · · · · · · ·

„Sind vielleicht Träume bei Männern, Frauen und Kindern eine Ausdrucksform oder ein Dolmetscher der
geheimnisvollen Sprache des Bewusstseins?"

„Czy sny są może formą ekspresji lub tłumaczeniem dla
mężczyzn, kobiet i dzieci tajemniczy język
świadomości?"

· · · · · · · · · ·

„Die Dummheit und das nicht wissen wollen ist eine schlimme Krankheit. Der Kranke selbst leidet nicht unter ihr. Aber die Gesunden leiden umso mehr."

„Głupota i brak wiedzy to straszna choroba. Sam pacjent nie cierpi pod nią. Ale zdrowi tym bardziej cierpią."

• • • • • • • • • •

„Würde man beweisen wollen, dass es keinen Gott in der Welt der Menschen gäbe, dann gibt es folglich auch keine Religion. Für was auch?"

„Gdyby ktoś chciał udowodnić, że w świecie ludzi nie ma Boga, to byłoby żadnej religii też. Po co?"

• • • • • • • • • •

„Die entsetzlich anhaftende Dummheit bei Glaubensdoktrien, eingebettet in einer geistigen Dunkelheit des göttlichen Glaubens, sollte niemals unterschätzt werden."

„Strasznie trzymająca się głupota doktryny wiary, osadzona w duchowej ciemności boskiej wiary, nigdy nie powinien być docenionym."

• • • • • • • • • •

„Wer sich zwischen den Sternen im Universum bewegt,
kann nur lächeln über das Geld, das Gold
von gierigen Männern und Frauen."

*„Każdy, kto porusza się między gwiazdami we
wszechświecie, może tylko uśmiechać się do pieniędzy,
złota chciwych mężczyzn i kobiet."*

• • • • • • • • • •

„Maßloser Konsum hinterlässt den Eindruck von einem
erfüllten Leben der Menschen, und die Existenz einer
Wohlstandsgesellschaft. In Wahrheit ist er der Nähr-
boden für eine moralische Dekadenz in der Gesellschaft, sowie der wirtschaftliche Verfall eines bewohnbaren Planeten."

*„Nadmierna konsumpcja pozostawia ludziom
wrażenie spełnionego życia i istnienia dostatniego
społeczeństwa. W rzeczywistości jest to pożywka dla
moralnej dekadencji w społeczeństwie, a także
ekonomicznego upadku planety nadającej się do
zamieszkania."*

• • • • • • • • • •

„Achte aufmerksam auf dein Denken deiner Gedanken,
denn sie werden durch Gestik, Mimik und Sprache
Bestandteil deiner Kommunikation."

„Zwróć szczególną uwagę na swoje myśli, ponieważ są one częścią komunikacji poprzez gesty, mimikę i język.”

● ● ● ● ● ● ● ● ● ●

„Achte auf deine Kommunikation, denn sie wird möglicherweise dein Verhalten und Handeln beeinflussen."

„Zwróć uwagę na komunikację, ponieważ może ona stać się Twoim zachowaniem i działaniami wpływ.”

● ● ● ● ● ● ● ● ● ●

„Achte auf dein Verhalten und Handeln, denn sie beeinflussen deine Charaktereigenschaften. Auf sie achte besonders, denn sie werden dein geistiges Leben beeinflussen."

„Zwracaj uwagę na swoje zachowanie i działania, ponieważ wpływają one na cechy charakteru. Zwróć na nie uwagę zwłaszcza dlatego, że stają się twoim życiem duchowym wpływ.”

● ● ● ● ● ● ● ● ● ●

„Was sollte ich tun und was sollte ich lassen? Was darf ich erhoffen oder wo ist jede Hoffnung zwecklos? Was bin ich eigentlich als Mensch, und warum lebe ich für eine begrenzte Zeit auf einem bewohnbaren Planeten?"

„Co powinienem zrobić, a czego nie?
Na co mogę mieć nadzieję lub gdzie wszelka nadzieja
jest daremna?
Czym właściwie jestem jako osoba i dlaczego żyję na
planecie nadającej się do zamieszkania przez
ograniczony czas?"

· · · · · · · · · ·

„Was ist der Zweck dieses Lebens? Worin bestehen der
Inhalt und die Bedeutung für das Leben?"

„Jaki jest cel tego życia? Jaka jest treść i sens życia?"

· · · · · · · · · ·

„Das Bewusstsein und das „geistige Sein", eingebettet in
der „geistigen Energie" ist das konstituierende
Formalprinzip des Universums und dessen
was es enthält."

*„Świadomość i „duchowa istota ", osadzone w
„duchowej energii ", są częścią formalnej zasady
wszechświata i tego, co zawiera."*

· · · · · · · · · ·

„Die entsetzlich anhaftende Dummheit bei Glaubensdoktrien, eingebettet in einer geistigen Dunkelheit
des göttlichen Glaubens, sollte niemals
unterschätzt werden."

„Okropnie trzymająca się głupota doktryn wiary, osadzona w duchowej ciemności boskiej wiary, nigdy nie powinno być niedoceniany."

. . . .

„Das Denken der Gedanken ist grundsätzlich erst einmal ein energetisch ablaufprozessualer Prozess. Einmal völlig losgelöst davon, was ihn möglicherweise ausgelöst haben könnte, oder ausgelöst hat."

„Myślenie myślami jest zasadniczo procesem energetycznym.
Raz oderwany od niego. co mogło go wyzwolić lub co spowodowało."

. . . .

„Zwei einander sich widersprechende Aussagen können nicht zugleich auch zutreffend sein."

„Dwa sprzeczne stwierdzenia nie mogą być prawdziwe w tym samym czasie."

„Vieles was von den Menschen gedacht wurde, ist ohne Zweifel bereits mental abgehandelt worden. Man muss sich nur der Mühe unterziehen, es nochmals denken zu wollen."

„Wiele z tego, co ludzie myśleli, bez wątpienia zostało już rozwiązanych psychicznie. Człowiekpo prostu muszę podjąć trud chcąc pomyśleć jeszcze raz."

• • • • • • • • • •

„Wer sich nicht von der Sehnsucht und der Neugierde berühren lässt, wird im Stumpfsinn seiner einfältigen Gedankenwelt versinken."

„Ci, którzy nie dają się poruszyć tęsknocie i ciekawości, stają się głupio ich prosty świat pogrąża się."

• • • • • • • • • •

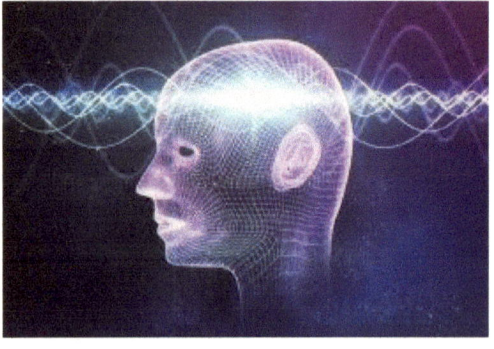

„Das Gehirn ist wie der menschliche Verdauungstrakt, es kommt nicht darauf an, wie man es arbeiten lässt, sondern wie es ergebnisorientiert Gedanken aufnehmen, verarbeitet und abspeichert kann."

„Mózg jest jak ludzki przewód pokarmowy, nie ma znaczenia, jak pozwolisz mu działać, ale jak może odbierać, przetwarzać i przechowywać myśli w sposób ukierunkowany na wyniki."

· · · · · · · · · ·

„Es scheint wohl zutreffend zu sein, dass nicht das Herz die ihm zugesprochene Rolle als ablaufprozessuales Zentralorgan für die Wahrnehmungen und die Erkenntnisse übernimmt, sondern dass das menschliche Gehirn sich bemüht, diese Aufgaben zu lösen."

„Wydaje się prawdą, że serce nie odgrywa przypisanej mu roli jako centralnego organu percepcji i Wiedza bierze górę, ale to wszystko ludzki mózg stara się to zrobić Do rozwiązywania zadań."

· · · · · · · · · ·

„Der Mensch muß beginnen sein Gedächtnis zu verlie-
ren, um zu erkennen, dass das Bewusstsein alles ist,
was das Leben von Männern, Frauen und Kindern
ausmacht. Das Bewusstsein ist der ethische und
logische Zusammenhalt, der Verstand, das Gefühl
und das daraus resultierende Verhalten und Handeln. Ohne Bewusstsein ist der Mensch wie ein
Raum ohne geistigem Inhalt.“

„Człowiek musi zacząć tracić pamięć, aby rozpoznać,
że świadomość jest wszystkim co definiuje życie
mężczyzn, kobiet i dzieci.
Świadomość jest etyczna i logiczna spójność, umysł,
uczucie oraz wynikające z tego zachowanie
i obsługa deln.
Bez świadomości człowiek jest jak jeden Przestrzeń bez
treści duchowych.”

· · · · · · · · · ·

„Ein fremdes Organ tritt ungewollt in dein Leben ein,
um es möglicherweise etwas zu verlängern. Sinn-
voller wäre es, das eigene Leben in seiner
begrenzten Zeit geistig zu vertiefen.“

„Obcy organ niechcący wkracza w twoje życie, aby
ewentualnie je trochę wydłużyć.
Sensbyłoby pełne własnego życia w jego pogłębiające
się psychicznie przez ograniczony czas.”

· · · · · · · · · ·

„Kann ein menschliches Bewusstsein sterben? Sollte es
organisch sein, ja!
Sollte es ein energetisches Konstrukt sein, nein! Energie
kann nicht sterben."

„Czy ludzka świadomość jako taka może w ogóle
umrzeć?
Czy powinien być organiczny, tak! Jeśli nie, więc bądź
energiczną konstrukcją, Nie! Energia
nie może umrzeć.

· · · · · · · · · ·

„Die Realität hat ihre Grenzen, doch die Fantasy und
die Neugier sind grenzenlos."

*„Rzeczywistość ma swoje granice, ale fantazja
i ciekawość jest nieograniczona."*

· · · · · · · · · ·

„Wenn ein kleiner Junge ein Stück Holz unter dem Ofen hervorholt und zu dem Holz „Hühott" sagt, dann ist es ein Pferd. Ein richtiges lebendiges Pferd. Und wenn sein Bruder das Holz betrachtet und zu ihm sagt: Das ist ja kein Pferd, sondern du bist ein Esel. Dann ist er ein Esel."

„Jeśli mały chłopiec wyjmie kawałek drewna spod pieca i powie„ Hühott "do drewna, to jest to koń. Prawdziwy żyjący koń. A kiedy jego brat patrzy na las i na niego mówi: To nie jest koń, jesteś osłem. Więc jest osłem."

•••••••••

„Lieber künstliche Intelligenz, als dumme Menschen."

„Lepsza sztuczna inteligencja niż głupi ludzie".

•••••••••

„Die Intuition ist der geistige Weckruf unseres Bewusst- seins nach Veränderung unseres Denkens und Handelns."

„Intuicja to duchowe przebudzenie naszej świadomości po zmianie naszego myślenia i Akcja."

•••••••••

Die Kunst der Sprache besteht darin, sich so auszudrücken, dass man von allen verstanden wird."

„Sztuka języka polega na wyrażaniu siebie w taki sposób, aby każdy mógł Cię zrozumieć."

●●●●●●●●●●

„Das Schicksal meldet sich nicht mit einem lauten Paukenschlag."

„Los nie odpowiada głośnym hukiem."

●●●●●●●●●●

„Ist das materielle Universum möglicherweise nur ein illusionäres Konstrukt?"

„Czy wszechświat materialny jest prawdopodobnie tylko iluzorycznym konstruktem?"

●●●●●●●●●●

„In welcher Sprache spricht ein Gott zu den Männern,
Frauen und Kindern auf dem Planeten Erde?“

„W jakim języku bóg mówi do mężczyzn, kobiet i dzieci
na planecie Ziemia?”

· · · · · · · · · ·

„Enttäuscht vom Affen schuf Gott in seiner Verzweif-
lung den Mann und aus dessen
Rippe die Frau.“

„Rozczarowany małpą, Bóg stworzył człowieka, a z jego
żeber kobietę.”

· · · · · · · · · ·

„Die Intuition ist die Fähigkeit, Einsichten in Sachver-
halte in noch unbekannte Sichtweisen, Gesetzmäßigkei-
ten, oder die subjektive Stimmigkeit von eigenen und
nicht eigenen Entscheidungen zu erlangen, ohne einen
diskursiven Gebrauch des Verstandes in Anspruch zu
nehmen.
Also ohne eine bewusste Schlussfolgerung ziehen zu
wollen.“

*„Intuicja to umiejętność zdobycia wglądu w fakty z
nieznanych jeszcze punktów widzenia, praw lub
subiektywnej spójności własnych, a nie własnych
decyzji, bez dyskursywnego wykorzystywania umysłu.
Więc bez chęci wyciągania świadomych wniosków.”*

· · · · · · · · · ·

„Es gibt Menschen, denen würde man am liebsten den
Teufel als ständigen Gast in ihrem Hause wünschen.
Aber man tut es nicht. Das Bauchgefühl sagt nein!
Es wäre besser für solche Personen, sie
würden sich in ihrem Leben einmal
selbst begegnen."

*„Są ludzie, których chciałbyś, aby diabeł był stałym
gościem w ich domu. Ale ty mówisz nie!
Byłoby lepiej, gdyby takie osoby spotkały się raz w
życiu."*

· · · · · · · · · ·

„Nach Auffassung von manchen Menschen kann es im
materiellen Universum ohne Zufall keinen freien Will-
len geben, da jede Entscheidung bei Kenntnis aller
Einflussgrößen vorhergesagt werden könnte.
Aber wenn unsere Entscheidungen zufällig zustande
kommen, wäre das erst recht nicht das, was
wir uns unter einen freien
Willen vorstellen."

*„Według niektórych filozofów w materialnym
wszechświecie nie może istnieć przypadkowa wolna
wola, ponieważ każda decyzja jest podejmowana za
wiedzą wszystkich.
Jeśli jednak nasze decyzje są podejmowane losowo, nie
byłaby to wolna wola."*

· · · · · · · · · ·

„Wenn du in einer stillen Stunde deines Lebens in dich
hineinhören kannst und dabei fühlst, dass du nicht
so denkst wie viele andere, dann ändere es
auch nicht."

„Kiedy możesz słuchać siebie w spokojnej godzinie
swojego życia i czuć, że nie jesteś myśl jak wielu
innych, to też go nie zmieniaj."

· · · · · · · · · ·

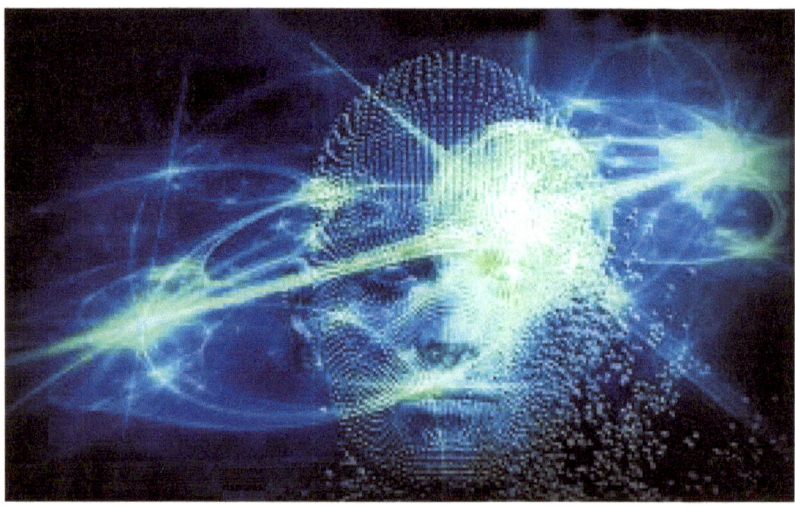

„Das „geistige Wollen", ist das sehnsüchtige geistige
Verlangen der „geistigen Energie", eingebettet im
so genannten „universellem Nichts", nach struktu-
rellen ablaufprozessualen und energetischen Ent-
wicklungsprozessen. Einmal völlig losgelöst davon, inwieweit sich das auf geistige beziehungs-
weise materielle Veränderungsprozesse in
dem „universellem Nichts"
auswirken würde."

„Duchowa wola" to tęskne duchowe pragnienie
„duchowej energii" osadzonej w tak zwane
„uniwersalne nic", zgodnie ze strukturą
rzeczywisty rozwój procesowy i energetyczny
procesy rozwojowe.
Po całkowitym odłączeniu od stopnia, w jakim
intelektualna relacja mądre procesy zmiany materiału
w „uniwersalne nic" wpłynie."

· · · · · · · · · ·

„Fühle die „geistige Energie" und achte auf die Stimme
des „geistigen Wollens"."

„Poczuj„ duchową energię "i zwróć uwagę na głos
„duchowej woli"."

· · · · · · · · · ·

„Die Energie ist in ihrem Bemühen nützlich zu sein, der „mentale Erfüllungsgehilfe" für das „geistige Wollen"."

„Energia stara się być użyteczna."

· · · · · · · · · ·

„Der Energieerhaltungssatz sagt aus, dass die Energie eine Erhaltungsgröße ist. Dass also die Gesamtenergie eines abgeschlossenen Systems sich nicht mit der Zeit ändert. Energie kann zwischen verschiedenen Energieformen umgewandelt werden. So variabel im Universum Energieformen erscheinen mögen, sie unterliegen alle dem Energieerhaltungssatz der Physik. Demnach geht Energie niemals verloren."

„Zgodnie z prawem zachowania energii energia jest wielkością oszczędzającą.
Aby całkowita energia systemu zamkniętego nie zmieniała się w czasie.
Energię można przekształcać między różnymi formami energii.
Chociaż formy energii mogą pojawiać się we wszechświecie, wszystkie podlegają prawu zachowania energii w fizyce.
W związku z tym energia nigdy nie jest tracona."

· · · · · · · · · ·

„Nur dieses „geistige Sein", eingebettet in der „geistigen Energie", gibt durch sein „geistiges Wollen" dem „Kreislauf des kosmischen Lebens", auf der physikalischen Grundlage von energetischen ablaufprozessualen Wandlungsprozessen, die „geistige Energie" und damit die „geistige energetische Beständigkeit" für seine ewige „Existenz"."

„Tylko ta „duchowa istota", osadzona w „duchowej energii", poprzez swoją „duchową wolę" przekazuje„ duchową energię" „cyklowi życia kosmicznego", na fizycznym podłożu energetycznych procesów przemian, a wraz z nim „duchowa energia Konsekwencja "dla jego wieczne „istnienie"."

· · · · · · · · · ·

„Das „geistige Sein", eingebettet in der „geistigen Energie", ist die Heimat des „geistigen Wollens" und des „geistigen Fühlens"."

„Duchowa istota", osadzona w „duchowej energii", jest domem „duchowej woli" i „duchowego uczucia"."

· · · · · · · · · ·

„Jeder Gedanke den man denkt, ist ein geistiges Ergebnis, geboren aus dem geistigen Wollen. Jeder Gedanke
ist wie ein Baustein am werdenden Leben, unabhängig davon, wie es sich entwickeln wird."

*„Każda myśl, którą myślimy, jest duchowym
rezultatem, zrodzonym z duchowej woli.
Każda myśl ke jest jak budulec w rozwijającym się
życiu, niezależnym w zależności od tego,
jak się rozwinie."*

· · · · · · · · · ·

„Das „geistige Wollen" und das daraus resultierende ablaufprozessuale Denken ist natürlich auch die Grundlage für das geistige Leben eines Bewusstseins von Männern, Frauen und Kindern."

„Duchowa wola" i wynikające z niej myślenie proceduralne są oczywiście również podstawą duchowego życia świadomości mężczyzn, kobiet i dzieci."

• • • • • • • • •

„Dieses Ruhen in sich selbst, im „geistigen Sein", eingebettet in der „geistigen Energie" öffnet den Weg, um dann am Ende über das Denken der Gedanken einen anderen Weg zu suchen. Wie ein Segelboot, das vom Wind getrieben auf das Meer treibt. Da gelten nicht mehr die Regeln des Bekannten, sondern nur noch die unendlichen Weiten des geistigen Universums."

„Ten odpoczynek w sobie, w „bycie duchowym", osadzony w„ energii duchowej "otwiera drogę do tego, aby na końcu myślenie myśli szukać innego sposobu. Jak żaglówka który dryfuje po morzu, napędzany wiatrem. Tam zasady znane już nie obowiązują, ale tylko nieskończone przestrzenie duchowego wszechświata."

• • • • • • • • •

„Nachdenklich steht es um das Geistige, das sich um die Zukunft ängstigt und traurig vom Unglück ist. Es ist voll Besorgnis ob das, woran es seine Freude hat, möglicherweise auch Bestand haben wird."

„Jest troskliwy o duchowości, która boi się przyszłości i jest smutna z powodu nieszczęścia.
Jest pełna obaw, czy to, z czego czerpie przyjemność może też trwać."

· · · · · · · · · ·

„Das „kosmische Nichts" ist wie der Leib einer Gebä-renden. Aus wenigen Bausteinen entwickeln sich materielle und lebende Strukturen."

„Kosmiczne nic" jest jak ciało kobiety.
Rozwijaj się z kilku bloków konstrukcyjnych materialne i żywe struktury."

· · · · · · · · · ·

„Das „kosmische Nichts" existiert eingebettet in einem energetisch ablaufprozessualen Gesamtkomplex und in einem dreidimensionalen Raum und der eindi-mensionalen Zeit. Also in einer vierdimensio-nalen mathematischen Struktur."

„Kosmiczne nic "istnieje osadzone w kompleksie związanym z procesem energetycznym i w trójwymiarowej przestrzeni i jednowymiarowym czasie. Czyli w czterech wymiarach ostateczna struktura matematyczna."

....

„Die universelle Wirklichkeit ist nicht die materiell sichtbare Materie, sondern die ablaufprozessualen Denkprozesse, eingebettet in der „geistigen Energie"."

„Wszechświatowa rzeczywistość nie jest materialnie widzialną materią,
ale proceduralne procesy myślowe, osadzone w„Energia duchowa."

....

„Das Denken des Wollens ist kein lapidarer energetisch ablaufprozessualer Prozess. Es ist auch sicherlich keine unbewusste geistig energetische Welle. Das geistige Wollen entspringt der Sehnsucht nach etwas, was es noch nicht geben sollte, aber notwendig und gewollt ist."

„Myślenie o woli nie jest zwięzłym, energicznym procesem proceduralnym.
Z pewnością tak nie jest Nieświadoma fala energii duchowej.
Mentalny tęsknota rodzi się z tęsknoty za czymś co nie powinno jeszcze istnieć, ale jest konieczne i jest poszukiwany."

. . . .

„Die ursprüngliche mentale Triebfeder zum „Wissen Wollen" ist die „geistige Sehnsucht". Sie ist tief eingebettet im „geistigen Wollen". Während alles spätere Wissen ein Ergebnis daraus ist."

„Pierwotną mentalną siłą napędową „chęci poznania" jest „duchowa tęsknota".
To jest głębokie osadzone w „duchowej woli".
Podczas cała późniejsza wiedza jest tego rezultatem."

. . . .

„Alle „geistigen Elemente" sind energetisch ablaufprozessuale Elemente der „universellen Energie"."

„Wszystkie „elementy duchowe" są związanymi z procesami energetycznymi elementami „energii uniwersalnej"."

. . . .

„Das Bewusstsein ist das personifizierte „Sein“. Es ist
das gewordene Wissen und die Erkenntnis für die
Existenz der eigenen geistigen Identität.“

„Świadomość to uosobiona „istota”.
To wiedza, która się stała, i wiedza dla nich
Istnienie własnej duchowej tożsamości.”

· · · · · · · · · ·

„Alles Materielle ist in seiner Lebensweise grundsätzlich zeitlich „endlich“. Das gilt ohne Ausnahme. Nur
das „Geistige“, also zum Beispiel das Bewusstsein, es
existiert ewig.
Die physikalische Grundlage dafür ist das Energieerhaltungsgesetz, das unmissverständlich ausdrückt, dass
Energie, gleich in welcher Form, weder erzeugt noch
vernichtet werden kann. Die Energie
existiert ewig.“

„Wszystko, co materialne, jest zasadniczo„ skończone
”w swoim sposobie życia. To prawda bez wyjątku.
Właśnie„duchowe”, na przykład świadomość, istnieje
na zawsze.
Fizyczną podstawą tego jest prawo zachowania
energii, które jednoznacznie wyraża, że energii,
niezależnie od jej formy, nie można ani wytworzyć, ani
zniszczyć.
Energia istnieje na zawsze.”

· · · · · · · · · ·

„Das „Bewusstsein" und das „geistige Sein", eingebettet in der „geistigen Energie" sind das konstituierende Formalprinzip des geistigen Universums und dessen was es enthält."

„Świadomość" i „istota duchowa", osadzone w „energii duchowej", są składowymi formalnymi zasadami wszechświata duchowego i tego, co zawiera ".

Liebe Leserinnen und liebe Leser, in meinem nächsten Roman:

„*Das Denken und die Gier*"

werden sie lesen können, was viele Männer, Frauen und Kinder in Laufe ihrer relativ kurzen Lebensgeschichte bewegt hat, sich für den Konsum jeglicher Art in ihrem Leben zu entscheiden und dabei die Lebensgrundlagen ihres wunderbaren Planeten Erde in einer relativ kurzen Zeit zerstören. Wegweisende Ratgeber ihres Lebens sind nicht die Vernunft und die Liebe, sondern die Gier, der Neid und der Machthunger, der ihr Leben ausfüllt.

Die wenigen vernünftigen Verhaltensweisen von Männern, Frauen und Kindern reichen nicht aus, um der Menschheit eine hoffnungsvolle Zukunft in Aussicht zu stellen.

Dieser Roman wird ab Ende April 2021 im deutschsprachigen Buchhandel und bei den meisten nationalen und internationalen Internetportalen sowohl als Buch als auch als E – Book zu kaufen sein.

Viele interessante Stunden beim Lesen dieses spannenden Romans wünscht ihnen ihr -

Dietmar Dressel

Der Autor

Es kommt die Zeit, da rückt das 65. Lebensjahr in greifbare Nähe - endlich - denkt man erleichtert - in Pension. Soweit so gut! Es dauert nicht lang, und man feiert im Kreise der Familie den 66. Geburtstag und stellt dabei mit zunehmender Ungeduld fest, dass so ein Tag, mit seinen vierundzwanzig Stunden, ziemlich lang sein kann.

Familie, Enkelkinder, Faulenzen, Reisen und gelegentliche botanische Experimente bei der Gartenarbeit reichen nicht mehr aus, um den Tag ein interessantes Gesicht zu geben. Was tun? An dieser Frage kommt man nicht mehr vorbei, möchte man nicht den Rest seines Lebens auf der Couch und vorm Fernseher verdösen. Warum, so fragte ich mich, die vielen Gedanken und Ideen, die sich im Laufe eines Lebens gesammelt haben überdenken und - so möglich, schriftlich verarbeiten. Kaum sind solche Gedanken zu Ende gedacht, entwickelt sich dafür die notwendige Initiative. Ein Literaturstudium muss her. Denkt sich der Kopf, ohne an den Körper zu denken. Der ist ja bereits 66 Jahre alt und damit nicht mehr der Jüngste. Diese drei Studienjahre waren es, die mir zeigten, dass das kreative Schreiben kein dunkles Geheimnis bleiben muss, so man

sich bemüht es zu lüften. Und noch etwas half mir sehr, das Schreiben ernsthaft anzupacken. Das geistige in sich "Hineinhören" um
mit dem Bewusstsein und seiner inneren Stimme Gespräche zu
suchen.

Mehr Informationen unter
BoD Verlag

Das Denken der Gedanken ist grundsätzlich erst einmal ein energetischer, ablaufprozessualer Prozess. Einmal völlig losgelöst davon, was ihn möglicherweise ausgelöst haben könnte, oder ausgelöst hat. Aus und Punkt! Aus dem wissenschaftlichen Verständnis von Teilen der Menschheit wäre allerdings das menschliche Gehirn sein Denkzentrum. Es besteht unstrittig zu etwa sechzig Prozent aus Gehirnfett und zu vierzig Prozent aus Proteinen. Dieser Analyse folgend bedeutet das, dass für das Denken der Gedanken und alle damit im Zusammenhang stehenden mentalen Prozesse aus dieser biologischen Masse entwickelt, organisiert und gespeichert werden sollen? Respekt! Es gibt auch andere Begründungen für das Denken der Gedanken. Jedenfalls so, wie ich sie als Autor dieses Romans verstehe.

Jeder Gedanke ist ein Baustein am werdenden Leben in seiner vielfältigen Gesamtheit. Es entwickelt sich durch das ablaufprozessuale „geistige Denken Wollen", eingebettet im "geistigen Sein" und der „geistigen Energie".

Dieser Roman ist wahrlich keine Lektüre, um vielleicht die Seele vor dem Einschlafen etwas „baumeln" zu lassen. Nein, das ist dieser Roman wirklich nicht. Im Gegenteil! Die Gedanken werden gefordert. Allerdings kann man, so man möchte, dadurch neue Erkenntnisse über: „Das Denken der Gedanken", hinzugewinnen.

Jedes denkende körperliche Lebewesen der höheren geistigen Ordnung auf bewohnbaren Planeten, also auch die Menschen vom Planeten Erde, bestimmen für sich selbst allein, was und wieviel sie besitzen wollen und wie sie sich entscheiden, denken und handeln, um das auch praktisch zu realisieren. Das geschieht aus freier Entscheidung und Willensbildung. Allerdings trägt auch jeder für sich allein die Verantwortung dafür! Nicht eine so genannte göttliche Figur im Himmel und schon gar nicht die „Anderen". Vor dem materiellen Wohlstand und dem menschlichen Glücklichsein steht allerdings als Warnsignal die „Würde des Menschen" fest verankert in der Erde.

Das Denken der Gedanken ist grundsätzlich erst einmal ein energetischer, ablaufprozessualer Prozess. Einmal völlig losgelöst davon, was ihn möglicherweise ausgelöst haben könnte, oder ausgelöst hat. Aus dem wissenschaftlichen Verständnis von Teilen der Menschheit wäre allerdings das menschliche Gehirn sein Denkzentrum. Es besteht unstrittig zu etwa sechzig Prozent aus Gehirnfett und zu vierzig Prozent aus Proteinen. Dieser Analyse folgend bedeutet das, dass für das Denken der Gedanken und alle damit im Zusammenhang stehenden mentalen Prozesse aus dieser biologischen Masse entwickelt, organisiert und gespeichert werden sollen? Respekt! Was geschah v o r dem Urknall? Wie entwickelten sich die kleinsten Bausteine des Lebens und der Materie? Besitzen denkende körperliche Lebewesen der höheren geistigen Ordnung, also zum Beispiel Menschen, ein Ichbewusstsein auf der Grundlage des Energieerhaltungssatzes? Worin schließt sich der Kreislauf des kosmischen Lebens? Gibt es das „geistige Sein", eingebettet in der „geistigen Energie"?

Mehr Informationen unter
BoD Verlag

Jedes denkende körperliche Lebewesen der höheren geistigen Ordnung auf bewohnbaren Planeten, also auch die Menschen vom Planeten Erde, bestimmen für sich selbst allein, was und wieviel sie besitzen wollen und wie sie sich entscheiden, denken und handeln, um das auch praktisch zu realisieren. Das geschieht aus freier Entscheidung und Willensbildung. Allerdings trägt auch jeder für sich allein die Verantwortung dafür! Nicht eine so genannte göttliche Figur im Himmel und schon gar nicht die „Anderen".

Vor dem materiellen Wohlstand und dem menschlichem Glücklichsein steht allerdings als Warnsignal die Würde des Menschen fest verankert in der Erde.

Denn die Menschenwürde ist der Wert, der ausnahmslos allen Männern, Frauen und Kindern gleichermaßen und unabhängig von ihren Unterscheidungsmerkmalen, wie: Herkunft, Geschlecht, Alter oder Status, zugeschrieben wird. Es ist der Wert, mit dem sich der Mensch aus der Spezies von körperlich denkenden Lebewesen der höheren geistigen Ordnung, über alle anderen Lebewesen erhebt. Aus und Punkt. Wenn dem nicht so wäre, könnten die Menschen ja auch als Affen ihr Leben führen. Was vermutlich bei dem Denken und dem daraus resultierendem Verhalten der meisten Menschen für das Leben der Pflanzen und Tiere deutlich vorteilhafter und für die Erde nützlicher wäre. Eben wäre.

Von Francis Bacon stammt das Zitat: „Wir dürfen das Weltall nicht einengen, um es den Grenzen unseres Vorstellungsvermögens anzupassen, wie der Mensch es bisher zu tun pflegte. Wir müssen vielmehr unser Wissen ausdehnen, sodass es das Bild des Weltalls zu fassen vermag.

Alles Materielle ist in seiner unterschiedlichen Existenz zeitlich endlich. Das gilt ohne Ausnahme! Nur das Geistige existiert ewig. Die physikalische Grundlage dafür ist das Energieerhaltungsgesetz, das unmissverständlich ausdrückt, dass Energie, gleich in welcher Form, weder erzeugt noch vernichtet werden kann. Energetisch ablaufprozessuale Denkprozesse sind ein prozessualer Be-standteil der Energie und Energie existiert ewig!"

Interessante Stunden beim Lesen dieser nicht ganz einfachen Lektüre wünscht ihnen ihr -
Dietmar Dressel

Mehr Informationen unter
BoD Verlag

**Mehr Informationen unter
BoD Verlag**

**Mehr Informationen unter
BoD Verlag**